JN081203

杉本真維子

皆神山

思潮社

皆神山

杉本真維子

思潮社

装幀　水戸部功

目次

皆神山

しじみ

しじみ、と思ったら、
自分の目が映っていた、
具のないみそしるを一口のんで、
両目を啜る、あじは、おれの刑期にふさわしく、
ざりり、と音までしやがった、
という
それから、波立たぬ椀ひとつ、
箸置にもどす一膳、
さっぱりとなにもない、
壁越しに、小便の音だけがしみている

（桜をごらんよ。
形状、色彩、あれはどう見ても、
おのれに向けて咲いているとは思われぬ。
こうやって気ままに眺めているわたしたちの視線が、
おそろしいものの視線なんだよ。）

排泄のこだわりに、障害はみられたが、
かんなの使い方は一流であった。
くらい頭が柵ごしに遊び、
見飽きたら目を逸らす、
苔でもふいに手折る、
この世に長いも短いもありはしない、
わたしはわたしの、役割を。

侮辱され、
全うする、
木肌は赤身のようにかがやいて、
夜はひっそりとしじみの目を見つめた。
ふうん、と女たちは手をたたいて笑い、
便器にぶつけてあとかたもない

ぼけ

庭に出て、
ぼけ、という名の犬を眺め
川までいって
釣りをする人を数えて
こころを満たした

草野球の、ホームランの音で、
身長をのばし
砂利をふむタイヤの
かんしょくで
体重をつくった

花火師の家にもらわれ、
養父は、ふしぎな苗字をあたえた
火薬の匂いのついた服を嗅ぐたび
わたしに未来はないと

ぼけ、に伝言し、
命がけの玉を、夜空にうつした、
文字のかわりに、
何度も火筒の底を覗いて揃え、
適切な手紙をあなたにとどけようとした

（他人は健康なつめで、滑りやすく、
闇の帷子を、一度ひっかいて去っていく）

古い写真のなか
痩せた犬のぶち模様が
ときをくぐる暗号になって
この顔にも、でんでんとほくろは置かれた
解読できない、ぼけ、が、
血をふるわせてよろこんだ何か
鏡の真上で、空だけが鳴る

桜坂

盆に食べる蟹の
つめを渡されて見ていた
かつてこの鋏でつかんだものが
生き返り、かわりにあなたはほじられる

発泡スチロール、ばらばらの甲殻、大量のごみ袋にうもれ、
墓石にみえるほどの四角い胸板であった
ときどき、カッと飢えた目をむけて
娘にさえおんなをさがし、
その石は、
起こしてくれ、と手をひらく

（幼年のスノーモービル、
あなたとの、乗り物が頭上で唸る）

蟹くさいその手を

ひっぱって離すと
起き上がってごろりと倒れた、
ひとが、こんなに自在に揺れていいはずがない
ばかやろう、ひっぱっては離し、
ひっぱっては叩きつけ、
やがて獣のように、墓石に突進していく

わたしは、
あたらしい障子のかげで、
この世には、軽蔑の鼓動というものがあると思っている
暑さに尻がぬれ、ひとり閉め切った室内で、
首をまわし、激しい寝返りを、みはっている

肉屋

真夏、凍りつく肉屋の、店先で
店主が、ひかる頭を剃っていた
白い前掛けが
すでに冬至を告げ
豚もつ　一キロ　六〇〇円
肩肉　一〇〇グラム　一五〇円
豚ばら　一〇〇グラム　一六〇円
読経のように、目をとじる

かつての肉片が
もういちど、日の光に晒されている
親しい、病人たちを呼ばなければならず
豚のようなかっこうで
牛のようなかっこうで
口をあけたが
言うことがない

ショーケースの上の
卓上鏡のなかの目を盗む
上げ下げされる肘の、おもさが、
わたしのこころに似ていた
売りさばく部位を決め
買い物かごをゆすった
土手を運ばれる家畜の列が
だん、だん、と切られ、
これですか、と指差された

逃げてもいいのに逃げなかった
釣銭をひったくるようにとり
バス通りで掌をひらくと
やはり正確に、薬指がきえている

門限

ゆきは、門限破りの、
仏間のざんげのように
硬い掌をあかるみにする
手水舎で、夏、ひとを待っていた柄杓、
岩をうつ手で
両手をうつ
何もない、ということが、
賽銭箱に落ちて、
暗がりを覗くと
お金だけがあった、

そんな、にんげんの話をしたあとで、
弟は腰をまげ、ひつぎの冥銭を狙っている、
さもしい生しか、
ここは切り抜けられぬと、
住職の法話のなか、

死化粧を直しに、中座して、
洗面所ですこし吐いた

みかんをもらえなかった
りんごももらえなかった
メロンもとどかなかった

あとは、どうでもよいことほど骨身にしみて、
けなげな泥酔と、
さかさ屛風の差別のすきま、
清潔に、蓋はあくのだ、
青々と顔をうばう、ひとりぶんの、
ゆきあかりのこうふくのことは、
絶対に教えてやらない

どうぶつビスケット

絶対的な、全裸はどこだ？
肩にかかる、シャツに驚き、
増殖しつづける恐怖において、
たしかな異常をつく、棍棒を、
奪われたこの復讐は着衣で果たし、

ひつじ、さる、とり、うま、いぬ、
ぼく、ぜんら、
五十歳になったから、
どうぶつビスケットを種別ごとに並べるんだ、
規則性は安心、
曖昧は、悪なんだよ。
だが、駅員のやわらかな返答にビスケットは乱され、
悲鳴をあげ、切符を投げつけて飛び去っていく。

あれは、わたしが、嗾（けしか）けたのだ。

その、「定型」からはみだした、
ひとの皮が、黙って、
ぶらさがっているよ。
おお規則的な、
素足は、
だれだ？
目覚めない目が、
てんてんと二つ、
叩いても、蹴っても、
血の振動をまっすぐにのんでたつ

岩間に降る声が、あいじょう、と
聴こえたが、
水晶の汚さ、さけぶほど滅びる、
寒い一枚が、ひっしに、わたしたちだ
ひつじ、さる、とり、うま、いぬ、
ぼく、

ぜんぶ混ぜて、
どうぶつビスケットを腹にもどして消した。

旗

口が割れぬ
川原で、
祖父のような
流木が裂けていた
旧友の長い影
鮎飯を炊くあばら小屋、
もう、鬼は無くても、
枯れ枝を角に、
跳び回り
わたくしは怒りをあつめる

駆ける雪
逆さにささる動物の四肢
（だむだだむだ、故郷を漱ぐ、
　だむだだむだ、）
連打の足跡で

裾花の川の根を鳴らし
途上なら、
雪捨て場でこころを拾われ
数人でわけて食べていい、と
二度も言う

見くだされるひとの
誇りたかさを
照り返す長安橋をいっしんに仰ぎ
それから、
荷台のうえ、がたごとと頭が揺れて
父母のまぼろしの
むつびを
生涯の旗に立てていく

論争

フキの煮物をひとさしでおく
楊枝が不遜に汚れ
和菓子には手をつけてはならない、と
女中は、かかえた盆を裏返し
心根をおくる

その耳は、近隣者の談でみたされ
遠方者のわたしの
席はない
押し込めて、蓋をすると
吐かれる息の、一寸前には、弾力があった

洗ったばかりの、墓が、興奮する
今さら、土など盛り上がらせ
けしかけられても
骨はいまも、無責任に

すべすべしているではないか

正座を、前かがみにくずすな
すぐに懇願をかたどり
卒塔婆に肩をはたかれる
長女とはそういうものであるから

信じろ、と
古い声が唱えている
座敷の柱では、こどもたちの習字が風に舞っていた
あの賞賛の、塗りつぶす朱墨の
無神経さがテーマだったが
論争にはいつも、言葉だけがない

黄色くなった

あたまの一匹の蝿を
手洗いへ誘導し、
すかさずドアを閉める
彼岸に来た、父の亡霊かもしれず
このような排除の、しかたで、
わたしは乗り越えていく

山頂の寺では
洗うほど、墓は興奮し、
卒塔婆に、喝を、と肩をみせた
おんなの行列をつれ
「敵」の運転に命をあずけ
しかし、彼女とだけ、泣ける
(子どもの頃から
　こころなど一つもない

傾いた位牌に
手をあわせ、
せがまれて下手な経文も読む、
ちくわの、茶色いところが、鰭(ひれ)である、
という大嘘によってしか
生まれてこれなかったことを
薄目で誇ると
ぶん、ぶんと、うるさく呼ばれ、
（そろそろ、逃がそうか

手洗いのドアをあけはなつと
亡霊はわたしにむかって放屁して
やーい、
「黄色くなった！」
「黄色くなった！」
と、喜んだ

ハムラ

地図屋は橋までしか
書いてくれない、
辿れない古家の間取りは
ひとを嫌うように区切られ、
この世では、
多摩川のへりに表札を立てる

ベランダを占拠する
髪を振り乱した人影が、
かつてわたしたちの
誇りだったが、
秋になれば枯れたススキが、
あれは俺だ、
荒れ放題の俺たちだ、と主張する

つまり、ハムラ、

山を切りひらいて家を建てた、
後ろめたいこの地のように
わたしたちは生まれた。
蚊の高い産声、土石流の眼差し、
草木の嘯きに気おされ、
死さえ留守にして出ていった。

だから、ハムラ、
もうここに帰ってきてもよい。

*

馬に乗るまで

馬に乗るまでのあいだ、
バケツに水を入れて、雑巾を用意し、
林檎二つ、箒とちりとりも持ってきた
ブーツを巾着にいれ、肩から提げて、
自転車に乗っていそぐ。
うるんだ目に尋ねるときは、
こちらの目もひかり、
背を撫でて、呼吸をあわせ、
朝の体調を測る。

(うううん、
首を、横に振っているのに
視線は逸らさないから
冬の狼狽はストーブでも暖まらず、
しばらく、簡易イスに腰掛けて、
行きかうひとを眺めた

火でゆらぐ空気が
わたしを蓋って
一つの心臓でうごく
巨大な空間のまま、厩舎を、出た、

ここにいるのか？

手を胸に当て
亡きひとたちがよぎる瞼を
いない馬が舐める

エーデル

青木の小さな家に、
むかし、祝ってもらった。
朝陽を入れておく、専用箱のような、
その家は、壁から天井、手足まで赤くてらし
五時のわたしは、生きていた。
誕生日には、窓のない浴室に、
まさか、と驚くような、
うつくしい虹をかけた。
白枠のドアがふわりと開く
恐怖すら歓迎し、
エーデル、と呼んで、
その家をあいした
それなのに、ある日、逃げるように荷物をまとめ、
わたしはその家を捨てた。
それから、ことあるごとにエーデルを思った、
何年も不動産サイトの空室情報を見つめ、

新しい借り手が、出て行くことを、願った。

「告知事項有　心理的瑕疵有」

みずから　絶った
と担当者は言った
今朝、仮申し込みが入ったので
これ以上のことは、お話しできません

わたしには、すぐにわかった
二階から空へのびる銀色の鎖
幸福な遊具のようなＬ字型の梯子
たしかに、死ぬには、あまりにも
あまりにも、ふさわしい
家ではあったが

終わった　と一晩中泣いた

望みどおり、空いたのだ
願いが、叶ったのだ
わたしはエーデルがすきだった
エーデルもわたしがすきだった
わたしのためなら、なんでも叶える
エーデルが、こわかった

O
P
Q

用途のわからない引き棚が
男のうでで動かされ
スーツの袖をよけて
居室の奥へ進むと、密室がうまれ、

さまざまな、夫婦を思う。
本棚の背面が、ずんべりと盗まれていて
内臓のような家具類をさわり
いるか？
いる。
片言で済むならひとと
暮らしてもよい、
という総意がわからない
きみの名は
「ＯＰＱではないのか？」

同名の、スナックなら知っている
そこの手洗いで
ばり、ばり、と何かを踏んだ
きゅうり、チーズ、さらみ、を
つまみぐいして
夫婦とはなにかかんがえて育った
だから、きみは、どうやっても、
家庭を知ることはできなかった

引き棚は取りはずされ
男だけが残っていた
雨の大学の裏通り
ふるい故郷の一点の恥
泥濘の水をすいあげ
きみ、看板のように、
光れよ

汀の蟹

蓋を閉じたので眠る　蟹の足が寒い
わたしの鋏を　どうにか温めてほしい
「そちらは南国の、半袖の、短パンの、人のようなあなたですか？」
受話器の口でとじるもう一つの心の口　この間には
他人ほどのやさしさがある

＊

信を送る、かえっては来ない　くてもよい、　電子の汀から
小さな文字がひあがる、　拾っている左手を、きょう誤って
傷つけました、と言わ、伝える意思には　身体が必要だ。
ロープウェイの水槽で　男の　襟足をみていた、同じような
人を知っている、不確かな言葉を喋る日本人に騙された
ことがあります、所有のかけらがまだ手のなかにある罪人は
ここに居る、　振りむけの暗号、　押しひらいたのちの、疲労でなら、
しばらくは漂い、文字をおもいだせた、

天井の、
《神棚の汚れ》
拭う手の甲に　高速に押印される時間の塊が　もっとも悪い
誕生日である、　と認めない　命のくもりを磨くと
輝いてくる、あれはなにか、と発する声の権利はたしかに
わたしだけのものだ。

＊

蟹で居るうちは暖色のために理解されなかった、
腹を見せ白で誘う　ポーズのまま　網のなかでもがく
背と水面の距離において、満たされているものこそが
敵であるのか

（外套を脱いでも脱いでも身体しかないことの言い訳のために、新しい中文の
単語を拾って、石の水切りのように海を越える。つやのない顔色はうかがうま

でもなく、わたしはあなたをどのようにも発音できないからこそ手に入れたい
のではないことをかならず証明する）

FUKUSHIMA、イバルナ

故郷なし、わたくしは祖国なし、
潰れた絨毯から一本たつ
FUKUSHIMA、イバルナ、

ばらけた束を、撫でる手が汚い
糸の会議はひそやかに
身ぎれいな人間の椅子のした
敷かれ、うごめく

（迷惑でも告白させてくれよ
親がさ、
犯罪者だからおれはおれがこわくってしょうがねえんだ

さもしい、愚かな糸か、
無学と殴打と貧寒の黙禱に
いのちに、

底上げを　押しつける「絆」の文字か
おまえの一本などかるく均される
けれど、風化するあの瞳の
紛いを喰って、生きる糸はいう

白目のぶぶんで見つめ抜く
背を向けても正面に回る
死の筋肉でねじふせる庇護のくらさ
そんな死者のあなたがどうして
弱い者の
はずがあろうか

はためく、
国旗を縦横に編んだ
糸の声援が水平に空にのびる
イバルナ、イバルナ、
FUKUSHIMA、

イバルナ、
わたくし

*

かいこ伝説

ぼしゃり、ぶしゃり、さり、(いまは食べることで)
ぼしゃり、ぶしゃり、さりり、(いそがしくて)
ぶま、いぞ、ぶま、びぞ、うま、いぞ、
(ああ、うんまい、うんまい)
ちょっと、あっちへ行ってくれない?

というぐあいに
その養蚕場の十万頭は、
脇目も振らずに、桑の葉をはんでいた
別のことをしているものは一頭もおらず
命なのに、目的が付与されているような
ふしぎな生き物は、

「絹はたいせつにされるので、
その意味では、永遠の命をもつのです」

という伝説さえも
なんのその
たらふく食べることのなかに
彼らの「生きる」がびっしりと詰まっ、
ちょっと、あっちへ行ってくれない？

若い木

臨津閣への途上で

２０１７・９・１６

木が、なにか違う、と
隣にいないひとが、マイクで言った
いっぽん、いっぽん、
根元が山肌にささり
幹ははだかで
隠れようもなかった

観光バスは、すこしの疲労を滲ませ
アドバルーンや遊園地、
国境に近いあたりでは
家族づれが、レジャーシートをひろげて、
長い毛の犬を遊ばせている

ほら、なにか、違うよ
日本の山景色と、どこかが、違うよ

口をしめ、にがい兵士の跫音は
白雲のかなた
柔らかな琴音をひきのばし
ここの、安全を、覆っている

「朝鮮戦争で
丸焼けになったから
木がみんな、若いんだ。」

密室のなか、その声は、残った
わたしたちはまだ若く、ほそく、
追われようもなく、
これ以上はない放心を、
固い窓に、
こつこつ、と打ち返していた

えにし

このすがたではおそらく会わない
しかし、この腕の角度に連れられ
ごっそりと動いている
同一の岸のごつごつに
稀に触れる
そういうときは手のひらをひろげ
撫でている空気のはしをつまんで
縦にゆっくりと飲んでいく
棒になれ、竿になれ、
縄になれ、
無理難題をいわれ
生まれ出てきた
わたしは、にんげん、といいます
仲良くできますか

耳を澄ますと、聞こえてくる

うまれたての精子のような
天の川の攻防の点滅が、
びりびりとおのれの口をやぶって、
血まみれで鳴く声がする

（かつて恨みをかいました
頭皮がまだ透けている子を
腹の中ごととられました）

親から離されたのに
陽気に遊んでいるのは
いまも護られているから
流される血のむこうで
熱い頬ずりにうっとりと目を細める

鶴子

鶴をつかまえて、手元に置いておけないという宣言があり、
抗議のペンを、腹に突き立てても救われぬおまえの、
怒りに濡れた四肢が、嬰児の舌を探して這っていく、
あるいは、
絶叫を土に埋め、いつか誰かが掘りおこした朝、
木の葉はいっせいに手のかたちとなって、
分娩室の嬰児の舌を、ただしく、荒々しく、矯正しにいく

「もっと完璧な死を……」*
「もっと完璧な死を……」

そのような言葉で、わたしも、泣いたのではなかったか、
まだ鶴の首のようにながく、やさしく、
巻きつくあなたの不完全な死だけを齧り、
衰弱していくことのよろこび、一本足でわらいあう

＊清水昶「さりげない日々に」から引用

毛のもの

きょっきょっきょ
と鳴いて横揺れをつくっている、
仰向けの毛もの
毛が無いわたしの肌にしんみりと体重がひろがる

あやしたり、ときには
投薬、摘便、按摩など
すけるような身体に深くわたしはじぶんの身をいれて
あなたを暴れる、内側の骨肉であろうとして

にんげんがひとり
はっきりと、取引した
分け合って等しく
ととのうわれらの命のために
きょっきょっきょ
すみずみまで知っている毛のもの

歯のうらがわ
鼻のうちがわ
瞼のふち、耳のひみつ、爪のなかに入っている
ごみ
光にむかって連なる
便みっつ
両手でうけるげろのあたたかさまで
きょっきょっきょ
取り下げることのない誓い
あなたのやわらかなももに鼻を入れたり
首に巻いたり
永遠に「明日たべる」
「明日たべる」
わたしのけもの　毛のもの

毛のもの　II

涙があふれるような
（きょっきょっきょ）
犯罪のかずかず
（きょっきょっきょ）
なぜわたしが
（きょっきょっきょ）
立ち会わなければならなかったのか
じつにくだらない摸造刀を疑われ
葬儀の日に取調べられていた叔母
雪と幸はほとんど重なることがなく
周囲には改名した女ばかりが揃っていた

美は美也子
昭美は照美
朋子は明子

三十年が経って
冬の土中の断面図のようなものを見ていた
その一つの房の中で
うめく毛のものにすがり
ふるえているおのれの
唯一の仕事、管としてのちから、
吸い上げ、ふきこみ、吸い上げ、ふきこみ、
やがて天地をも動かす
おごりでもかまうものか、と
（きょっきょっきょ、マントル！）
（きょっきょっきょ、みみず！）
（きょっきょっきょ、雲母！）
桃いろの口をすぼめ
頬からぷくりと息をもらし
毛の先まで憤怒をあふれさせて
それから、毛のものはことばを話すようになった

皆神山のこと

皆神山のふもとにすむ
こやまというひとに
近親の死を
片手落ち、と言われたことがある
あれは、鼻歌のような
陽気な吉日
現代的な駐車場から、
ふわっふわっと、
白衣が揺れるのを見た
ふだんは薬剤師をしているという

導かれ
別の日には
皆神神社で御神籤をひいた
あの群発地震の観測所も
松代大本営跡も見学し

よい思い出であった
けれど
寄合所には誰よりも早く到着し
礼を尽くしているような顔をして
ほんとうは周囲を牽制していた
そういう社会性のある男には
どうしてもなりたくなかった
だから
皆神山よ

いいところもあるんだけどな
そんなこととなんの自慢にもならない
たった五百円しか！
へえ子どもなのにわかるんだ
どんなおやでもおやはおや
でもね、加害者のかたもね、かわいそうなんです
おばあちゃんとあんたの二人だけの秘密にしよう

強制労働のころ、一本の丸太を枕に、並んで眠らされた
朝は、丸太の端を、一度打たれて
一斉に叩き起こされた
やはり、片手落ち、と言われた

人形のなかみ

それ以上話したら憑く
狸寝入りの耳に、一滴、
祖母が大事にしていた
浅黒い肌の人形がすわる。
毎日、髪をいとおしげに梳かし
たまに風呂にいれ
手作りの洋服を着せて
家族に見せてまわった、
金髪のストレートヘアに青い瞳
日本人ではないこと
名前がないこと、など
祖母も誰も、気にも留めぬほど
それはただの女の子だった。

祖母が死んだとき
人形のなかみから

小石ほどの骨を取り出して
柩にこっそり入れておいた、と
おばがウインクして言った。
手柄よ、とも言っていた。
だれの骨、とは聞かなかった。
その人形を囲んで、
祖父も、父も、母も、姉も、
みんないた
一人も足りなくはなかった。

室内

蚊に襲われて縁側が怒りだし、
室内はいのししに備え、
食料を隠した。
盗み食いの、
所有者がひとであるとは限らない。

資料にはそう書いてあった。
夕暮れのふどうさんやで、
深刻な顔でうなずいている。
あれは父か、祖父か、
流れる血を自分にたしかめ、
何本もの川をまたいで、
心臓をはずませて現地へむかった。

じつは、
どうぶつ臭をたしかめにきてください。

とも言われていた。
資料の情報はたった五行しかなかったので、
その言葉を信じ、
鼻をすすいで待つほかなかった。
日々、食料は底をつき、
初めて生きていることを実感し、
空腹にいらだって、
やがて実を探しに山へ入って撃たれた。
わたしが何かしたか。

初出一覧

しじみ　ぼけ　桜坂　肉屋　門限　どうぶつビスケット　黄色くなった　馬に乗るまで　エーデル
人形のなかみ　室内（「山暮らし」を改題）
「現代詩手帖」連載詩「なおさないよエリ」（二〇一五年一月号～五月号、七月号～十一月号、二〇一六年一月号）

旗　「第3回メタモルフォーシス展」パンフレット（八十二文化財団 ギャラリー82）二〇一七年五月

論争　「三田文学」一二八号、二〇一七年一月十日

ハムラ　「東京新聞」二〇一五年二月二十八日夕刊

OPQ　「現代詩手帖」二〇一七年一月号

汀の蟹　「現代詩手帖」二〇一〇年一月号

FUKUSHIMA、イバルナ　「現代詩手帖」二〇一四年一月号

かいこ伝説　「信濃毎日新聞」二〇一八年七月五日

若い木　「2017韓中日記念文集――韓中日の平和・環境・治癒」二〇一七年十二月

えにし　「現代詩手帖」二〇二二年一月号（「雷鳥考」を改題、改稿）

鶴子　「抒情文芸」一四〇号、二〇一一年十月十日

毛のもの　「孔雀船」九十七号、二〇二一年一月十五日

毛のもの Ⅱ　「現代詩手帖」二〇二一年一月号

皆神山のこと　「イリプスⅡnd」三十一号、二〇二〇年七月十日

皆神山（みなかみやま）

著者
杉本真維子（すぎもとまいこ）

発行者
小田啓之

発行所
株式会社 思潮社
〒一六二―〇八四二　東京都新宿区市谷砂土原町三―十五
電話〇三（五八〇五）七五〇一（営業）
〇三（三二六七）八一四一（編集）

印刷・製本
創栄図書印刷株式会社

発行日
二〇二三年四月十五日　第一刷
二〇二四年二月二十九日　第二刷